문학사계시인선 · 54

꽃바람 부는 산

A mountain
with a flower breeze.

김영혜 시집

문학사계

시인의 말

오랜 세월 시인이 되고 싶은 마음을 간직한 채 살았습니다. 내밀한 사연을 꺼내기가 쉽지 않았습니다. 아버님을 여읜 슬픔을 견딜 수가 없어서 시를 사랑하여 위로받고 싶었습니다.

운치 있게 표현하려고 진력했으나 맨얼굴을 보이는 것 같아 부끄럽습니다. 나의 시가 살아서 누군가의 마음 밭에 그리움의 씨앗으로 뿌려질 수 있다면 더 바랄 나위 없겠습니다.

정성을 다해 엮은 이 시집을 아버님 영전에 바칩니다. 늘 시간이 부족한 나에게 기다리며 밀어준 가족에 고마움을 표하고 싶습니다. 유리알같이 투명한 해설로 책을 빛내주신 오봉옥 교수님께 마음 깊이 감사합니다.

진주에서 **김영혜**

차 례

제1부 자작나무의 사랑

제2부 마지막 잎새

제3부 고독의 원소

제4부 시인의 꿈

┃ 작품 해설 ┃

제1부
자작나무의 사랑

어미

호박 넝쿨이
헝클어진 머리채를 풀고
바닥에 딱 붙어 연신 젖을 물리고 있다.

어린 것들은
곧 어미 잃을 고아가 될 줄도 모르고
가느다란 줄기를 연신 빨아댄다.

호박 넝쿨은
조롱조롱 키운 자식들
끄나풀을 엮어 다 보내고야
삭정이가 된 채 굳어져 간다.

꽃바람 부는 산

가자, 집에 가자 병원비 많이 나온다.

몇 번이나 내 손을 끌어당기던 아버지는
한 모금의 물도 삼키지 못한 채
하얀 입술을 태우다가 저 세상으로 가셨다.

굳어버린 혀엔
뱉어내지 못한 말들이 고였다.

세상에 병원비가 무서워
이 땅을 서둘러 떠나시다니
아버지 따라가지 못한 자식들
붉은 꽃바람이 온 산을 덮는다.

가을의 기도

물기 없는 마른 영혼이 되어서야 깨달았습니다.
제 안에 파고든 시린 그리움을 게워내야만
제 살갗을 뚫고 들어온 집착을 다 떨궈내야만
숨겨온 오만의 종탑을 허물 수 있다는 것을
가장 낮은 자세로 무릎을 꿇고 엎드려
삭풍의 세월을 손바닥에 담고서야 깨달았습니다.
부박한 삶의 성정이 수그러들어
제 자신을 깊은 참회로 데울 수 있어야만
비로소 生의 마른 뿌리를 적실 수 있다는 것을

저녁 준비

마른 장작의 절반은
잉걸불이 되어
아궁이에 검정수염을 그리고

키 작은 담벼락에 걸친
야윈 시래기 줄기 같은
어머니의 굴뚝 연기는
호박돌을 밟고 올라서더니
한참 동안 장독대를 어루만진다.

대나무 뿌리를 닮아 서러운
어머니의 굴뚝 연기는
저녁노을이 머물다간
감나무 가지를 쓰다듬다가
슬그머니 자취를 감춘다.

그때면 어머니는
소매를 걷어붙여
숨비소리 달그락거리며
가을을 잘라 세운
들깻대 향을 긁어모아
알근달근한 저녁 밥상을 차린다.

고목의 기도

한 생을 호밋자루 들고
흙 속에서 자식들 영글어가는 재미에 살았습니더

청춘이 닳아
헝겊 조각이 되어도
구멍 난 자식들 메워 줄 곳 살피며 살았습니더

알토란같은 자식들한테
무지렁이 같은 어미 모습
부끄럽게 들킬까봐
산송장 같이 살았습니더

안 죽는다는 말 빈말이고
늙어빠진 질긴 목숨 어찌할 재간이 없으니
어쩌던지 염치없이 요양병원에 누워있지 말고
자식들 애태우지 말고

사는 날까지 몸성히 살다가
미련 없이 곱게 따라 나설 테니
자는 잠결에 영감 곁에 가게 해주이소.
부디 자는 잠결에 가게 해주이소.

생의 첫 전쟁

전쟁이 났다.
눈을 감은 채 암흑 속에서 걸걸거리며
오로지 후각으로 포복하며 돌진한다.
서로의 몸통을 사정없이 밟아 뭉개며
머리통을 타고 오르기도 하고
다시 끄집어내려 앞서기도 하며
마구마구 기어오른다.
총 없는 치열한 전쟁이다
온종일 물어뜯긴 어미의 젖통이 벌겋다.
전쟁을 끝낸 전사들 승리의 트림을 한다.

송충이

낯선 녀석 하나가
소나무를 기어오르다가
툭 떨어지더니
누런 똥을 찔끔거리며
비틀비틀 다시 기어오른다.
날을 세운 뾰족한
가시털 빼곡히 달고
꺼억꺼억 울음을 토해내는 것이
꽁꽁 쟁여 놓은
숱한 풍상의 시간을 견디며
기를 쓰고 오르는 것이
나를 닮아 섧다.

참외 서리

언니야, 주인이 없어서 마음대로 따가도 된다 카더라. 십리 길을 걸어 혼자서 논에 피를 뽑으러 다니는 한 살 아래 앞집 혜숙이 말에 뒷집 미정이도 불러 희미한 손전등에 딱 달라붙어 참외 밭으로 갔었지. "무슨 일이 있어도 절대로 누구 하나 먼저 가기 없기" 엄지손가락에 침을 묻혀 걸었지. 캄캄한 밤 달 아래 비친 노란 참외들이 눈을 빼꼼히 뜨고 헤죽헤죽 웃고 있는기라. "우와 야들아, 참외 좀 봐라 진짜로 참외가 있다 있어." 연둣빛 줄기에 도드라진 참외, 침을 질질 흘리며 따는 순간 낯선 목소리 하나가 쩌렁쩌렁하게 울리는기라. 봐라봐라, 너거들 오늘 딱 걸렸다이! 엄마야, 벌러덩 주저앉아 오금을 지렸지. 고양이한테 잡힌 쥐새끼 마냥 싹싹 빌고 있는데 갑자기 혜숙이가 소리를 치는기라.

"튀어라 빨리 냅다 튀자" 십리 길을 오가며 딴딴해진 혜숙이의 허벅지를 우리가 따라갈 턱이 있나, 뒤따라가다 비포장 길에 미끄러져 대갈빡에 피가 나는기라. 그 바람에 영락없이 잡혔지 참외도둑으로 온 동네 우사를 살 뻔한 것을 겨우 면했지 아직도 영광의 흉터가 뒤통수에 떡하니 붙어있다. 자, 봐라!

아버지

매섭지만 견딜만했던 겨울이 끝자락에 섰고
슴베처럼 숨어 있던 생강나무 꽃들이
수다를 떨기 시작합니다.
"아이구, 야야 가가 새끼를 치느라 영 맥이 없다.
우유에다 계란 두어 개 풀어 휘휘 저어서 줘라, 순
전한 맹물만 묵고 꽃을 피우겠나."
여러 해 꽃을 피우지 못한 게발 선인장이 아버지
가신 이듬해 연분홍 꽃을 총총히 매달고 사랑을 불
태우고 있습니다. 생전 모습 그리다가 울컥한 마음
꾹꾹 눌러 베껴 씁니다.
너 무 애 태 우 지 말 고 살 아 라,
당신께서 주신 사랑 되새기며
우묵하게 파인 마음을 달래보는 하루입니다.

꽃댕강나무

여린 마음에 상처 입을까봐
서투른 말로 가슴을 찌를까봐
시린 겨울을 버텨내지 못하고 그만 떠날까봐
이러지도 저러지도 못하고 발을 동동 구를까봐
송두리째 뽑아 내려다보니
저 혼자서 안간힘으로 버티며 서 있었습니다.
사는 게 그런 것 같아 마음이 아려왔습니다.

사계

봄

보랏빛 포도송이 같은 등꽃향기 살랑거리는
텅 빈 학교 운동장, 자전거 타는 법을 알려주셨지요.
넘어지는 바람에 오래 박혀 있던 사마귀도
눈물을 흘리며 툭 떨어져 나갔지요.

여름

중참을 들고 정미소에 가면 뿌연 등겨가루 눈썹까지
덮어쓰고 눈 깜박 할 사이에 한 그릇 뚝딱 비워내셨지
요. "울 딸내미가 가져다준 국수가 최고로 맛나다."
몽글몽글 핀 수국 꽃 한 송이 꺾어주며 "욕봤다."하시던
아버지

가을

"청군 이겨라 백군 이겨라."
만국기도 들떠 춤추던 가을운동회
모래먼지를 마시며 개선문안 목청껏 응원하던
그 많은 아이들 틈으로 뒷짐 지고 오셔서
몇 번이나 문질렀을 윤기 나는 알밤을
내 작은 손에 꼭 쥐어 주시던 아버지

겨울

펄펄 끓인 세숫대야에 달님이 걸터앉아
언 얼굴을 살살살 녹여줄 때
군불 땐 잔불에 속이 노랗게 익은
군고구마를 호호 불어주시던 아버지

아버지,
내 맘 훤히 비추던 함박꽃을 닮은 울 아버지
그렁그렁 능소화가 벽을 타고 기어오르듯이
저 편 어린 시절 사계절을 당겨와 그리움에 담아봅니다.
가끔은 편지 한 통 보내 주셔요, 잘 있다고.

나에게

햇살을 피워 들고
강줄기를 질러 걷다가

쪽빛 칠한 하늘 바탕이 고와
새털구름 떼어 업고서

붉은 꽃 방망이를 피워 든
병솔 나무를 보듬어

포실한 마음 밭에 드리우는
넌,
언어의 씨방을 잉태하는 농부.

애써 향기를 피워내지 않아도
넌,
이미 순백의 치자꽃 향을 닮았다.

부디, 혼자라 외로워 말거라.

얼음새꽃

겨울,
너를 놓아 주어야 할 때가 왔음을 나는 안다
푹푹 파인 그리움으로 첫 눈을 쓸어내고
별도 달도 얼어붙은 캄캄한 밤을 건너
마침내 봄을 들여 풀어놓고 살얼음을 털어낼 때까지
샛노란 병아리 깃털을 하고 연꽃처럼 떠오를 넌
부디 세상 말에 다치지 말고 강건하길 바란다.

장마와 갱년기

우르르 쾅쾅
울며불며 억수같이 퍼붓던
굵은 빗줄기가
양동이에 머리를 처박는다.

휙 휘이익
맹렬한 바람이 지붕을 휘감고서
통째 삼킬 듯이 무서운 소리를 낸다.

'쉿!'

구멍 난 먹장구름 사이로
순한 달구새끼처럼
쭉 모가지를 내민
햇살이 지긋이 웃고 있다.

언제 그랬냐는 듯 시치미를
뚝 떼고
한소끔 끓여낸
기적의 하루를 시작한다.

자작나무의 사랑

쇄골에 외로움이 고였다
탱자 알 노란 그리움이
가시 틈에 오도카니 앉았다.

갓 잡은 꼴뚜기 같이 팔딱거리는 이야기도
그린란드 상어처럼 늘어진 이야기도
전할 때가 없어,
가슴 복판 붉은 통증이 웅크리고 있다.

아버지 없이 살아가는 삶은 통째 싱거워
길 잃은 아이처럼 우두커니 서 있다.

어린 고백

너무 일찍 좋아한다고 말한 것 같아요.

겨우내 허기진 햇살을 동이 채 둘러 마신
성질 급한 목련이 꽃눈을 밀고 나왔다.

늦게 좋아진 나는 어쩌지요,

헐레벌떡 진분홍 모자를 눌러쓰고
뛰어나온 복사꽃 이마에 땀방울이 맺혔다.

괜찮아,
첫 눈에 좋아지든
뒤늦게 좋아지든
우린 다 같은 봄이야

샛노란 머리에 나비를 얹은
민들레와 자별한 씀바귀도 서걱거리며
나란히 어깨동무하고 앉았다.

삼신할미

아가야, 솜털 같은 고운 얼굴에 어찌하여
어둠을 드리우고 매운 고추씨를 털고 있누

고요 속에 오래 품고 있던 꽃씨 하나 뽑아
적멸궁으로 살포시 밀어 넣었더니
이다지도 어여쁘게 잘 여물었는데
어인일로 뼈만 남은 삭정이가 되어 넋을 잃고 있누.

아가야, 엷디엷은 차 꽃 같은 너의 마음
칡넝쿨에 감겨 말간 피를 흘리는 걸 보고 있자니
늙은이 쇄골에 쇠못이 박혀 숨통이 멎는 것 같구나.

애당초 그리움조차 머물지 못하는 곳에
애를 태우지 말거라.
애이불비하며 숨어 있지도 말거라.

양각으로 도드라져 튀어 오르는 저 물고기들처럼
가두었던 마음은 물꼬를 터버리면 되는 거란다.

더 이상은
아프지 말아야 할 일이야.

고목

주렁주렁 말간 젖통을 매달고 빨대를 꽂은 링거 줄은
고등어 등에 꽂힌 낚시 바늘처럼
친정아버지의 손등을 꽉 물고 있다.

뇌경색으로 말문을 닫은 병원 침실
지남철처럼 찰싹 누운 아버지 곁엔
오빠들의 마른 나뭇잎 같은 그늘이 있고
밀린 숙제처럼 걱정으로 드나드는 내가 있을 뿐이다.

엉치 뼈 위에 자라난 욕창이 밤마다 하얀 시트에
고향 어귀 늙은 포구나무를 그리고
드센 바람에 흔들리는 아버지의 나무는
수피소리 사각거리며 낮게 뒤척인다.

하염없이 울고만 있는 나를
그저 바라보기만 하는
알맹이 다 빠진 옥수수 속대 같은
아버지 얼굴엔 붉은 슬픔이 가득 찼다.

말간 피를 뿜어내며 맥없이 쓰러지던 포구나무,
비바람에 꺾여 우듬지가 내 가슴을 덮쳐누르던
지난 밤 꿈을
차갑게 떨고 있는 병실에 걸어두고 나온다.

깊은 볼에 눈물둥지 튼 늙은 새 한 마리
외로이 삭아가는 포구나무 흰 가지를
부리로 콕콕 쪼아대고 있다.

기다리는 법

진정한 기다림이라면
무너진 계절이 몇 번을 돌아도
우련한 등불일망정 돌올하게 들어
묵지 같은 밤을 오래오래 밝히고서
서있는 게 아닐까.

제2부
마지막 잎새

동백꽃

형님,
희야 봄에 날 받아놨습니다.
그때까지라도 잘 버티셔야 됩니다.

하얀 눈가루를 덮어쓰고
석회가루 반죽을 해서 똑똑 얹어 놓은 듯
온 천지 검버섯이 꽃을 피웠다.
뱀파이어에게 도둑이라도 맞은 듯
핏기 없는 고모 얼굴엔 웃음도 사라진지 오래다.

오이야, 저 동백꽃이 다 떨어질 때까지
안 죽고 기다릴 테니 걱정 말거라.
몇 남은 동백꽃이 아슬아슬하게 피어
동백나무 발등에 선혈로 낭자한 목숨들을
물끄러미 바라보고 있다.

마지막 잎새

굽은 등을 비에 적시며
어수룩한 저녁이 온 줄도 모르고
고구마를 심고 계시던 아버지에게
괜스레 성질을 부렸습니다.

한 쪽 다리에 힘이 풀린다는 말은 귓속으로 반쯤
들어오다 말고 휘리릭 바쁘게 지나갔습니다.

챙겨간 용돈은 건네지도 않고 자동차 시트에 밀어
넣고 집으로 돌아와 버렸습니다.

뇌경색이 진행되는 줄도 모르고
뭔가에 홀린 듯
아니 정을 떼느라 그랬습니다.

늦은 후회의 쇳덩어리가 몸통을 짓누르고
죄스러움의 핏물이 사방으로 터져 나옵니다.

1주기가 지나도록 차 시트 밑에는
내던진 돈 봉투가 가만히 웅크리고 앉아있습니다.

내가 죄인입니다
나는 도대체 얼마만큼의 형벌을 살아야 할까요?

봄을 피운 그대

생명을 품어 지탱하던 뿌리는
옴짝달싹 않던 앙상한 가지 끝으로
등짝을 밀어 올린다.

종아리 걷어 부치고
밤새 고추바람 휘두른 회초리에
쩌억 쩍 쪼개진 틈으로
순둥한 어린 두릅도 고개를 내민다.

독수리 발톱을 닮은 가시로
기다림에 멍든 먹물 터뜨려
달그림자 길게 그린다.

오늘 조팝나무 꽃을 닮은 그대는
꽃 밥이 콩 알 튀듯 터져 나와
단아하게 솟아오르듯 내게로 온다.

달맞이꽃

어우렁더우렁 어깨 춤 추며
나비가 불러 세우면 기웃거리고

터덜터덜 늘어진 발걸음은
엿가락 토막 내는 소리에 쫑긋거리고
왁자지껄 늦은 밤을 기울여

시간을 부어 마시느라
잊어버린 나를
오지 않을 그를

해를 가리고 오므리고 숨었다가
달빛에 피어오른 그리움은
까마중이 된 채 하염없이 기우뚱대며

비틀거리는 밤길을 높이 밝혀 비췄다가 새벽이슬에
노란 서러움을 거두는 그대여.

꽃샘바람

우웅
우우웅

칠흑 같은
어둠 속을 더듬거리며
어미를 찾아다니는
길 잃은 호랑이
뱃속 텅 빈 울음처럼

그렁
그르렁

얼음 꽃 피는 긴 겨울을
마냥 따라가지는 않겠다고

아무리 매섭게 휘몰아쳐도
봄의 허리는 결코
꺾지 않겠다고

구름 이불 칭칭 감고
몸부림을 치며 울어대는
꽃샘바람.

배롱나무에 스치는 인연

몇 백 년의 세월을 넘느라
굽어지고 다듬어져 다시 영글었을까
달빛거울에 빛나는 고운 꽃잎이
윤슬 같이 반짝거린다.

솜털 같은 햇살 타고
갓 태어난 눈부신 꽃송이 위에
흔적을 남기는 애벌레가
함부로 밀쳐 내거나
함부로 할퀴지 않고
더불어 살아가고 있다.

한 겨울 이불 같은 가족으로
부족함을 메워주는 친구로
지루하지 않은 이웃으로
멀리서 바라보는 애틋한 연인으로

우린 언제 또 만나
더불어 한 生을 건너가 볼 것인가

시

피아노가 삐걱 삐거덕
밤새 꼬인 음을 낸다.

들어보지 못한
옥구슬 굴러가는 소리를
주워와 억지로 표현한 탓일까

아마데우스 모차르트의
천진한 흉내를 낸 탓일까

아무것도 모르고
질풍노도를 탄 탓일까.

세게 조였다 풀었다.
다시 당겼다 밀었다.

온 밤을 지새우며 두드리는
피아노 건반

너도 그렇다

들어내지 않으면 메꿀 수 없고
아프지 않으면 괜찮아질 이유가 없듯이
긴 통증 끝에 벌어진 시간만큼
상처가 아물어지고 새 살이 채워지듯
마음아, 너도 그렇다.

비밀 하나

재봉틀에만 올라서면
소심했던 자신감이 힘을 내었지.
구구단이 술술 입에서 나왔고
토도독 구르는 노래로 성악가가 되기도 했고
친구의 웅변 대본을 몽땅 외워 웅변가의 꿈을 꿀 수
있었지.

재봉틀에만 올라서면 마법처럼 모든 것이 이루어졌지.
발끝 세워 세상에 없는 발레리나가 되던 날
꽃가루 날리듯 떨어뜨린 분통, 어머니는 정말 몰랐을까
그때 장판 밑에 숨긴 분가루를

상사화

봄을 뚫고 발아한 새싹
어느 바람에 머물러 있다가

무릎까지 돌돌 말아 올리고
말갛게 꽃술을 달고서
맨발로 섰구나.

여린 눈물 삼키며
연분홍 꽃잎 피워내었구나.

애당초 만난 적 없는 그리움에
새까맣게 애만 태우느라

뜨거운 열매도 맺지 못하고
살을 에이 듯 시린 기다림으로

피었다가 졌다가
끝내 기약 없는 약속만을 남겨두고
가는 뒷모습이 나를 닮았구나.

레미제라블

해안 절벽 끝에서 급강하하여
포획물을 낚아챈 매의 순발력은 굶주림에서 나온다.
본능 앞에 엎드려 썩은 고기를 빼앗아야 하는
하이에나의 맹목적인 공격을 누가 고발하여
쇠창살에 걸어 둘 수 있단 말인가
허기져 먹이를 향해 가련하게 기어가 보지 않고서는
초췌해진 영혼까지 털려 질질 끌려 가보지 않고서는
모를 일이다 죽어도 모를 일이다.

그놈

순전히 그 놈 때문이다.
밤톨 같이 빤질거리며 훤칠하게 서 있던 그놈
국밥 한술 얻어먹고 하룻밤 보낼 곳을 찾아 어슬렁거리다
노장의 노숙자 옆에 슬그머니 앉아 가재미눈을 한다
째려보는 텃새가 무서워 꼬리를 털고 일어선다
멀찌감치 서서 그놈이 빤히 쳐다보고 있는 것 같다.

한 밤 중 아파트 모퉁이에 쪼그린 채 강소주를 들이키
더니 있는 것 없는 것 다 토해내고 바짓가랑이를 닦아
내던 그 놈 나의 하소연 따윈 관심 없는 냉정한 놈
굽신거리며 인사를 하는 것도 아니고
버려진 도덕적 의식을 쓸어 담아 치우는 것도 아니다.

24시간 눈알을 껌벅거리며 몇 날 밤을 지새워도 끄떡없다.
야간 수당을 요구하지도, 힘들다는 내색도 없다.

누구든지 그 놈 앞에서는
슬금슬금 곁눈질을 하고 밀쳐놓았던 양심을,
정의로움을 챙기는 척 세상없는 공손함으로
변신한다.

산홍 1

둥지를 틀고 싶으나 오동나무가 아니요
끼니를 때우려 하나 죽씨가 아니다
봉황 같은 지조를 어디에다 깃들일꼬.

개도 안 물고 갈 역적친일파의 품에 안겨
노리개 첩 노릇을 하느니
열두 줄 가야금 뼈를 들추어
칼날을 매단 열 손가락 붉은 피로
치욕스런 날들의 숨통을 끊고 싶었다.

나라를 팔고 얻은 오염된 명성으로
갓 바위 같은 마음을 깨물려 했단 말인가,

피다 말고 꺾인 철쭉의 한
비봉산 붉은 봄으로 피어나 춤사위를 펼친다.

산홍이 꽃 피운 붉은 노을이 진양호를 건너와
남강 유등으로 환하게 불 밝히는 밤
물밑에서 피어나는 꽃이 장엄하구나.

소나기

있제 니 생각나제?

영순이 등판에 쩍쩍 달라붙는 어린 다박머리 동생
마을 어귀 느티나무에서 아지매들
훌러덩 훌러덩 치마 들썩이며 바람을 부를 때
까막눈 깜박거리는 자야 너거 막둥이 불러
보초를 세웠던 것 말이다.

맞다 맞어 그때 그랬제

"누가 오는지 똑디, 단디 봐야 된다."

옆집 숙이, 뒷집 옥이, 건너집 자야
얼룩덜룩 흙물, 풀물 든 보자기를
모아 싸리문에 걸면
갸는 병풍 칸막이가 되어 의무병처럼 섰지.

성질 급한 먹장구름이 소나기를 몰고 와
쏴아 뿌리면 수줍음은 금방 사라지고
오는 비 다 맞으며 까르르륵
우리 껌정이들 모조리 씻겨 놓고 갔지.

이제 그 소나기
어느 마을 아이들을 또 씻겨 줄낀고.

실유카 사랑

긴 밤 검붉은
그리움으로
한 겹
또 한 겹
칼집을 내어
하얀 초롱꽃
주렁주렁
매달고 서 있는
그대

무덤 덤
먼 산 바라기에
길어진 목 줄기를
감추고 고요 속에
흔들어대는
마음을 매달고 서 있는
그대

우렁각시

긴 여름 장마철에도 인색했던 장대비가
억수로 내린다 절창이 따로 없다.
가을비는 하나도 반갑지 않다던,
농군의 말을 무시하고 거침없이 두들긴다.
친정어머니의 웅숭깊은 가래 덩어리도
땅바닥을 치고 튀어나온다.
오랜 기침 거죽을 등껍질 으깨지도록
느린 걸음으로 업고 나간다.

염치없는 하루

갓 낳은 새끼 사자 초원에 던져놓듯
손가락만 한 모종을 심어두고
불덩이 태양 아래 내팽개쳤다.

고약한 여름 땡볕은
한 방울의 비도 허락하지 않았다.
다 죽었을 끼다,
몽땅 말라 떼죽음을 당했을 끼다.

쉿,
여기 있어 예 여기 예

덩굴 타고 지독한 풀숲 헤치고
고개 내민 가지
여린 가시 옷 입고 나온 오이
알록달록 방울토마토

엄마야, 세상에 살아있었나.

미안해서 이 일을 우짜노
내 한 몸 덥다고 그늘 밑에서
선풍기 바람 날리며 낮잠이나 잤는데
참말로 별 면목이 없다 그쟈?

좋은 사람

당신의
가슴을 흥건히 데우거나
훔쳐내지도 못하고
마냥 서성거려야 했지요.

멋쩍은 마음 숨기느라 괜한 트집만 잡을 뿐
맛깔 나는 장단을 치지도 못 했지요.

서투른 표현으로 오해를 샀을 때도
선뜻 손을 내밀지 못하고
그저 당신 곁을 맴돌았을 뿐

당신이 길을 잃고 헤매거나
슬픔에 젖어 하염없이 울고 있을 땐
나도 따라 눈물을 삼키며
그저 묵묵히 기다리기만 했지요.

가끔 어디로 튈지 모르는
콩알 같은 변덕을 부릴 땐
잠시 흔들릴 때도 있었지만

나는 알고 있지요
당신은 참 좋은 사람이고
나는 운명처럼 당신 곁을
지켜야만 하는 존재인 것을

준비 없는 만남

'똑똑'
난데없이 불쑥 나타났다.
나도 모르게 뒷걸음질한다.
"누구세요"
방망이질을 해대는 더운 가슴에
호랑가시나무 열매가 송골송골 맺혔다.
약속시간에 맞춰 꽃단장을 하고도
마음이 들쑥날쑥 변덕을 부린다.
슬픈 영화 속 주인공처럼
별안간 눈물이 왈칵 쏟아진다.
설쳐대는 우울을 껴안느라 뜬잠을 자고
수시로 당혹감을 선물하는 그대는
짓궂은 갱년기다.

제3부
고독의 원소

고독의 원소

외로움이 느닷없이 찾아올 때면
마리골드 꽃차를 우려내어 마셨다.

그리움이 너울거리며 스며들 땐
들깻가루를 듬뿍 넣은 토란국으로 속을 달랬다.

서운함에 쌓여 미워하느라 속이 시끄러울 땐
사과 한 입 베어 물고 꼭꼭 오래 씹어 삼켰다.

모두가 내 고독의 원소들이다.

바람의 순례

저벅저벅
거룩한 발걸음을 옮겨 놓는다.
발자국도 남기지 않고
돌아보면 금방 사라지는 길
유령 같은 구름은 유유자적하며
바람을 타고 어슬렁거린다.
맨발로 푹푹 도장을 찍으려 해도
흔적도 없는 그 길
순례자의 길을 걷는다.

말리 꽃 연가

버석거리며 잠 못 이룬 긴 밤을 헤매다가
괴괴한 아침의 뚜껑을 연다.

홀로 입맛을 잃고
아까워 버리지 못한 반찬들이 밀려 앉아
냉장고 속 한쪽 모퉁이에 틀어박혀 꽁꽁 얼고 있다.

두 번 다시 오지 않을
두 번 다시 오지 못할 기다림에
하얀 꽃을 피워 든 말리 꽃 같은 어머니

더디게 가는 세월에 지쳐
거미줄 친지 이미 오래된 붙어버린 입은
언어를 잃어가고 기억을 더듬다가 두려움에 흐느낀다.

하루, 하루를 살아가는 것이 아니라
빠듯이 견디어 내고 계실 어머니는
아버지를 만나면
밀린 말을 하느라 거미줄을 걷을 것인데.

하안거에 들었다

마음 저수지에 오래도록 머물던
짙은 외로움을 꺼냈다.
괜스레 이슬을 훔쳐 훌쩍이던 일도
잠시 머물다 떠날 것이라서
붙들고 시비하지 않기로 했다.
바람이 밀고 간 더미 구름 자리에
푸른 머릿결 풀어헤친 하늘 자락을 펼쳐
외로움을 몽땅 걷어 널었다.
탱글탱글한 햇살 가루를 골고루 묻혀
뜨겁게 튀겨 까슬까슬하게 말리는 중이다.

해바라기

나는
너만 바라보았다.
애를 태우느라
마음이 다 헤지는 줄도 모르고
멀리서 나를 바라보는
또 다른 마음이
다 헤지는 줄도 모르고

놓아버리기

해는 거둬들인 햇살에 미련을 두지 않고
바람은 엉켜 매듭짓는 일이 없고
구름은 흘러감에 두려움이 없고
달은 간절함을 품어 삼키듯
오고 감에 메이지 말고
다 놓아버려야
살 수가 있다 하네.

낙화

잎들이 후드득 적막을 깨워
마당 빼곡히 수를 놓았다.
마치 달빛을 켜 들고 서 있는 듯
모조리 뛰어내려 어둠을 밝히고 있다.
옹다물고 움켜쥔 너에 대한 미련도
구멍을 내어 잔해를 털어내듯
내던질 수 있을까
저 고목의 은행나무처럼
붉어진 그리움을 떨구어
투명한 몸을 내보일 수 있을까.

꽈리의 고뇌

결핍이 가져오는
부정적인 생각이 일어날 때마다
부푼 빈 주머니를 흔들었다.
삶이란 그런 것이다.
얼마나 많은 소중한 것들을
놓치고
밀어내고
잃어버리고
사는지 모를 일이다.

가을이 삭고 있다

가을 햇살에 기름 끓는 소리가 난다.
갓 튀겨진 갈대를 우적우적 먹어치웠다.
짓눌렸던 수많은 기억이
보푸라기처럼 일어났다 쓰러지기를 반복한다.
빛의 부재가 만든 고독의 서리에
서로를 부둥켜안은 채 갈대는 서걱서걱 앓는 소리를 낸다.
돌올하던 푸른 청춘의 양각이 늙은 어둠을 덮고 누웠다.

오래된 활대

잠든 달구새끼 깨어놓고
늙은 양동이를 달그락거리며
오래된 활대는
바짓가랑이로 새벽이슬을 적신다.

저절로 코를 닫는 거름 한 통 퍼내어
온 밭을 후벼 파는 굽은 활대는
깻잎 밭에 쪼그리고 앉아 들깨 향을 뿌리고
꾸덕꾸덕한 손가락 틈에 새까만 깻잎 물들인다.

활처럼 휘어진 어머니는
지독한 소독약 냄새를 풍기며
꽂힌 링거 병이 늘어 날 때마다
한숨 쉬듯 한마디씩 한다.

칼 안들은 도둑놈이 순사보다 무섭다.
어서 가자.

가을을 앓다

구절초 향을 주워 담고 바람의 음성을 껴안으며
쇠찌르레기 소리에 뭉근한 고요를 퍼 담는다.
그렁그렁한 외로움이
몸속 웅덩이를 파고 빼곡히 스며든다.
마른 잎새 하나 무심코 들어 손바닥에 겹쳐보는데
가을 빛살은 고독한 이마를 길게 비추며
가만히 슬픔 한 움큼을 덜어 낸다.
길 떠난 아버지 같다.
적막의 숲에 들어서자 풀숲에 눌러앉은 청둥호박도
그리움을 안고 저 혼자서 골 깊게 익어가고 있다.

잊혀진다는 것

꽃송이가
통째로 떨어진다고
사랑이 질까.

푸른 잎이
낙엽 된다고
그리움이 질까.

떨구어진 눈물이
비에 젖는다고
슬픔이 질까.

꽃 떨어지고
잎 떨어져도
또다시
새순 돋아나는 것을.

눈이 시린 시월

멀 구슬 같은 말간 이슬을 털어내며
붉은 굳은살이 가슴 한복판에 오도카니 앉았다.

자전거 짐칸에 어머니 태우고 고추밭 가시던 아버지
가파른 오르막길 오르다 119에 실려 가시더니
그토록 다정하던 말문마저 닫았다.

엿가락처럼 늘어져 물바가지로 퍼낸 듯
아버지의 움푹 파인 배는 어린 새 가슴처럼 파닥거리며
가르릉 가르릉 거친 가래 끓는 소리를 냈다.

병원비가 무서웠던 것일까, 입원한 지 열흘 만에
서둘러 오동나무 에두른 하얀 국화꽃에 누운 아버지
가시는 길 함께 하지 못해 오래도록 꽁꽁 앓았다.

"아버지,
좋아하시던 쑥부쟁이 향이 시골집 마당에
한 가득입니다."

호미로 아버지 기억 솎아내다 김장배추 고랑에 주저앉은
어머니 주위를 맴돌다 담장 너머로 사라지는
하얀 부전나비 한 마리 넋 놓고 바라본다.

눈이 시린 시월 하늘이다.

닭을 잡다

숫돌에 엎혀 회색빛 눈물을 질질 흘린다.

뛰쳐나가려 가슴을 쥐어뜯고
수만 번 창살을 쪼아대다 닳아버린 그 부리로는
아무것도 할 수가 없어
펄펄 끓는 물에 송두리째 몸을 내던지고야
옥살이를 청산 한다.

구미호가 무덤을 파듯 잽싼 손놀림에
발가벗겨진 암탉은 38선을 긋고 널브러졌다.

뜨끈한 우주가 뱃속에서 꿈틀거린다.
껍질도 채 덮어쓰지 않고 조롱조롱 매달린 노란 알들,

팔딱거리는 시뻘건 간은 참기름에 풍덩 담겼다가
아버지의 입속으로 쏙 들어가다 말고

"니도 묵어볼래"
난 화들짝 놀라 뒷걸음질 친다.

닭이 아홉 꼬리 넘실대며 다가와
내 간을 노릴까 봐 가슴을 움켜잡고 줄행랑을 친다.

온 동네 코들이 쿵쿵거리며 모여든다.

바람, 구름

먹물 같은 밤하늘 별 무리처럼
빛나는 만남을 가졌다가

떨어지는 빗물 따라 흘려보내야만 하는
이별을 맞이해야 했을 때

돌아서는 뒷모습을 눈이 시리게 바라보며
뼛속을 아리는 아픔을 느껴야만 했지요

그대와 나 바람이 되고 구름이 되어
어디선가 다시 스칠 수 있기를 빌어야만 했습니다.

춤추는 카나리아

흥건한 잉크 빛 눈물 자국 닦아내고 문득,
올려본 하늘에 페르시아 융단이 가득 펼쳐졌다.

이제 철근 같은 슬픔의 뼈대를 걷어내고
함께 춤추자며 손을 내민 카나리아

빗살무늬 햇살이 그리움으로 퉁퉁 부어오른
젖가슴에 입맞춤을 한다.

슬픔은 가두는 게 아니라 흘려보내는 거라고
가만히 다가와 허공을 쪼아대는 카나리아.

산홍 2

아, 이 사람들아
바람에 흩날려 사각거리는 저 대나무 소리 들리는가.

우리가 하늘을 향해 쭉쭉 뻗은 대나무들처럼
서로 어우러져 숲을 이루고 사는 건
산홍이처럼 꼿꼿하게 날선 죽씨의 곧은 성품과
그물처럼 얽힌 뿌리가 부둥켜안고 살아가는 덕분이라네.

한 세상 살려면 저 대나무들처럼
마디마디 선명한 띠를 두르고 빳빳하게 뜻을 세워야
하지 않겠는가.

하늘을 치솟은 기세에 구름도 놀라 움찔거리다
슬그머니 뒷걸음질로 도망을 치는데
세찬 바람에도 흔들림 없이 자신을 지키는
저 대나무 한번 보게.

산홍의 화신인가, 노을도 비껴가는 남강 변
봉황이 오기만을 기다리는 저 품새 너머
진주를 병풍처럼 둘러친 비봉산이 포근한 둥지가
된 걸까.

봉황의 날갯짓으로 남강에 비친 상현달 하나
환하게 세상을 밝히고 있네그려 보게.

*산홍: 을사오적 중 한 사람인 이지용의 수청을 거절한
진주 기생.

연금술사

소소한 챙김이 있어 다정스럽고
별을 바라보는 순박함에 정겹고
데워진 손 내밀어 주니 안온하고
말이 물결같이 고와서
당신을 마음의 연금술사라 합니다.
당신께서 맡긴 수많은 징표를
오늘도 꺼내 하나하나 들춰봅니다.

차를 우려내며

매서운 눈보라와 이별을 하고
산수유 꽃차를 우려
아직 한기가 남아 있는
겨울 잔해를 털어낸다.
그대를 닮은 봄은,
매화꽃 보라를 몰고 오니
너를 날리고
나를 날리고
허공을 건져 마음에 부리니
시가 흘러내린다.

제4부
시인의 꿈

별똥별의 소원

"밥 빌어 먹는다, 아서라."

어머니의 사금파리 깨어지는 소리에
다시는 글을 쓰지 않겠노라,
펜촉을 분질러 아궁이 속에 밀어 넣었습니다.

까맣게 잊고 있던 쓴다만 글들이 다시
은회색 잿더미를 덮어쓰고 스멀스멀 기어 나옵니다.

저벅저벅 걸어 나와
단단히 지른 빗장을 흔들어댑니다.

아, 저 적막 속 길잡이별 보름달 같더니
별똥별 하나가 내 앞에 툭 떨어집니다.

언어의 연금술사만 될 수 있다면
누군가의 소원을 발로하는 닻별이 될 수만 있다면
남은 生을 다 바쳐도 좋겠습니다.

퀘렌시아

거칠게 물어뜯긴 이빨 자국이
생채기를 내어 다 아물 때까지
자투리 갈맷빛 웃음을 거두고
잠시만 쉬어가기로 하자.

낭자하게 겨루었던 삶의 전구 하나 끄고
아늑하게 싸인 흑빛 침묵 속으로 밀고 들어가
잠시만 세찬 숨 고르기로 하자.

그러다 굳어진 적막 속에서 다시 깨어나
세상을 흔들어보기로 하자
나 아직 살아있다고 소리쳐 외쳐보기로 하자.

화살촉을 다시 들고

쓰디쓴 망각이 뜨겁게 타고 내린다.
늘어나는 빈 소주병엔 버려진 청춘들이 휘청거린다.
흥청망청 뿌려대는 욕망의 자유가 쿨렁거리며
빈 상자를 채운다.

어, 없다.
얇아진 호주머니 속을 홀라당 뒤집어 봐도
푸른 오월을 가슴 뛰게 했던 젊은 혁명이 없다.

잠들어 있는 화살을 꺼내어 허공을 다시 흔들어 깨운다.
유령 같은 아우성들이 먼지처럼 들고 일어난다
푯대 끝에 펄럭이는 깃발을 뽑아 높이 들자.
사금파리 메아리가 다시 영글어 새벽 산을 명중하도록

오빠 찾아 삼만 리

"오빠야, 엄마가 밥 먹으러 오라 한다."

짚단 속에서 귀한 보물을 찾았다고 보여준
새빨간 새끼 들쥐에 놀라 나자빠지게 하거나
깡깡 얼어붙은 동강에서 스케이트를 타다 빠져
세상을 놀라게 하고 있거나
축구선수가 된 듯 넘치는 열정으로 창문을 깨어 물리거나
통째 구운 개구리 뒷다리를 쭉 찢어 먹거나
눈에 불을 켜고 딱지치기를 하느라
하루해가 달에게 배턴터치를 한지도 모르고 정신을
팔고 있거나 고만한 또래들끼리 오종종히 모여
오락실에서 정신을 팔고 있어야 할 오빠는 어디로 갔을까

"오빠야, 엄마가 밥 먹으러 오라 한다."는 말을 꼭
전해야 하는데

도꼬마리

"나도 따라 갈래 나도"
바짓가랑이를 붙들고 늘어진다.
목에 땟국물이 줄줄 흐르는데도
오일장을 따라 나선 울 오빠처럼

보따리를 싸매고 쫄래쫄래
오종종히 친구들까지 달고 따라나선
철없는 울 언니처럼

대나무 숲길 모퉁이에 앉아 놀다가
봄이 올 때까지 기다릴 수 없어
한사코 따라나서겠다는 벗들이 있다.

바짓가랑이에 붙은 도꼬마리 열매를
넌지시 떼어내려다 멈춘다.

몹쓸 그리움

바윗돌에 짓눌러 죽은 듯
납작이 엎드려
고개를 숙이고 살았다.

매정하게
모가지를 비틀어
깊숙이 파묻어 버렸다.

마음 빗장을
몇 백 겹 칭칭 휘감아
철통방어를 했다.

바싹 마른
누름 꽃이 되어
꼭꼭
유리 액자 속으로 숨었다.

난도질로

갈기갈기 찢어도

몹쓸,

이 몹쓸

붉은 그리움이 빳빳이 섰다.

달달한 사랑

깊은 잠에 빠진 그가 암막 커튼을 젖히고
뚜벅뚜벅 걸어 나온다
우디향을 풍기며 볼륨감 있는 멋진 몸이다.

가슴에 찰거머리처럼 달라붙는
까다롭기 그지없는 그를 구석구석 공들여
입맞춤하며 부드럽게 터치한다.

네 개의 갈비뼈를 그가 원하는 부위에
섬세하게 정성껏 눌러 침묵하는
영혼에 불을 붙인다.

감미로움에 젖은 심장이 리듬을 타고
그와 함께 어우러지는 이 순간의 희열
나는
첼로와 사랑에 빠졌다.

배롱나무가 하는 말

터실터실한 세월을 수백 번 겪어내면서
사철마다 다 헤진 수피 옷을 상처 딱지 떨어지듯
수북이 떨구어 내고 나니 새 살이 돋더라.
호된 찬 서리를 이고
매운 비바람에 다듬질하고 나니
맨질맨질한 새 살이 돋아나더라.

허니, 너는 혼자 힘들게 견디지 마라

아플 때 쉬는 연습도 하고
힘들 때 내밀어 준 손을 잡기도 하고
울고 싶을 때 주저앉아 펑펑 울기도 하고
때때로 앙다물고 숨겨둔 속내를 풀고 살거라.

때가 되면
뒤꿈치 굳은살 박이듯 무뎌질 날 있으리니
이미 지친 마음에 다그치며 생채기를 내지 말거라.

참말로 모를 일이다

꼬질꼬질한 손때 묻은 그들이 침묵하고 있다.
완전무장을 하고 부동자세로 일렬로 섰다.

분명 버렸는데 또 들어앉은 낡은 반찬 통속엔
물기 먹은 외로운 곰팡이가 피었다.

어머니는 갈 때마다 사 들고 간 반찬 통을
삶아 드셨는지 어디에도 없다.

하나도 뜯지 않고 다락에 꼭꼭 숨겨둔 새 반찬 통
저승 가실 때 챙겨 아버지께 풀어 놓을 요량이다.

갓 지은 뜨끈한 쌀밥 고슬고슬 푸고
얼갈이 된장 무침을 내고
콩나물 김칫국으로 아버지 속을 달래드릴 요량이다.

울 오빠야

고샅에 심각한 표정들이 모조리 모여들었다.
"딱 따 닥, 또르르"

호주머니 속으로 호로록 들어가 복어 배를 하고 섰다.
거참 신기할 노릇이다.
울 오빠야가 치기만 하면 금 바깥으로 구슬을 쳐 낸다.

아마도 울 오빠는
밤새 천장을 보고 '수리수리 마하수리'를
수 천 번을 외우다 잠든 탓 일게다
구슬 자루가 뒷짐 지고 선 금복주 같다.

난 아무에게도 말하지 않았다, 구슬을 되판 동전이
뒷간 담벼락 밑에 숨겨져 있다는 사실을
지금도 찰나마다 점안을 찍고 있을 울 오빠야.

그 길

범벅된 눈물 콧물이 목구멍으로 넘치고
손수건도 온종일 나와 함께 울어주었다.
아무짝에도 쓸모없는 미련은,
갖다 팔지도 못하니 마음 단디 묶어라.
길어져 나오는 가래떡 같은 하얀 그리움을
모락모락 피어오른 보고픔을 잘게 썰어
고춧가루 팍팍 치고 깍두기를 담는 어머니
"세상에 못 따라갈 곳이 저승길이다."
내가 울어서 너거 아버지가 다시 살아올 수 있다면
백 번이고 천 번이고 울었다.
다 부질없으니 기운 빼지 마라.

그랬더라면

평생 살 것이라 여겼건만
오래 살라고 좋은 약은 다 해 먹었건만
이렇게 빨리 갈 줄 알았더라면,

길 가다 손잡고 걷자 할 때
남부끄럽다 뿌리치지 말고
못 이기는 척 손잡아 줄 것을,

닳아 빠지는 것도 아닌데
은근슬쩍 한 번이라도
연모한다고 입 밖으로 내밀어 볼 것을,

내가 찰떡같은 성정머리가 못되어
매정하게 굴었던 것이 마음에 박힌 대못 같다.

낙타 기름

낙타를 타고 벽화 속으로 들어간다.
명태 다리를 하고서 웅크리고 앉은 알몸에
도드라진 뼈들이 날을 세우고 섰다.
낙타 기름을 듬뿍 찍어 힘을 빼고 문질렀다.
삐뚤어진 뼈마디 마다 사연을 담고
넌덜머리 나도록 일만 하고 살던 시절이
비누 거품이 되어 곡선을 타고 흘러내린다.
딸은 꼭 있어야 한다고 우겨놓고서는
저 세상으로 바쁘게 가버리고
호강은 남은 내가 다 받는다.
연신 고맙다는 인사말에
부푼 비눗방울이 뚝뚝 터진다.
낙타를 타고 벽화 속을 나온다.
반질하게 수건을 덮어쓴 어린아이가 된 어머니
이 낙타 기름을 언제까지 문지를 수 있을지요?

석류의 속앓이

생트집을 잡아 우겼습니다.

당신의 마음을 알고 싶어
말도 안 되는 억지를 부렸습니다.

따가운 가을 햇살을 견디다 못해
입을 쩍 벌리고 나뒹굴었습니다.

유리알 같은 선홍빛 그리움이
마구 터져 나왔습니다.

나와 같은 마음이
가득 담겨 있었습니다.

시체도 벌떡 일어나는 가을에

털털거리는 리어카는 바싹 마른 나락을 걷으러
오빠들을 태우고 들판으로 벌써 달렸다.
켜켜이 쌓인 노란 양은그릇이 청 마루에
주르르 나와 줄을 섰다.
보리차를 끓인 세 되짜리 주전자도
미끄럽도록 닳아 축 늘어진 장화도 따라나섰다.
타작하는 놉을 든 사람들의 점심 준비에
어머니의 바짓가랑이에 바람이 분다.
"시체도 벌떡 일어나는 이 바쁜 가을에 꼭 가야겠나?"
어머니 일을 거들지 못하고 백일장 대회를 가는 발걸음,
시체보다 못한 마음이 발목을 잡는 것만 같아
닭똥 같은 눈물이 뚝뚝 떨어진다.

순리

감미로운 봄의 화사함도
때가 되면
길섶 흐드러지게 핀
여름 꽃들에게 내어주고
생살 타들어 가는 거센 태양도
때가 되면
가을바람에 꽁무니를 빼고
어머니 젖가슴 같은 풍요한 들녘도
때가 되면
눈꽃 날리는 겨울에 온통 비워내듯이
붉은 입술의 장미 같은 청춘도 때가 되면
시득시득 떨어져
새봄, 겨드랑이에 발아하리라.

시인의 꿈

햇살이 고와서 달다.
내가 걸어온 인생이란 이름의 길 위에서
조금씩 모아 두었던 씨방을 흔들어 깨워
씨앗을 뿌린다.

양철지붕에 내려앉는 비가 반갑다.
토굴 속에 함축했던 흙을 갈아엎어
진심을 담아 뭉근하게 영양분을 숙성시킨다.

바람이 부드러워 고맙다.
발아한 언어의 씨앗들이 날개를 달아
고른 마음 밭에 꽃피워 알뜰히 살피는
농부이고 싶다.

담금질과 벼름질로 얇게 편 금박 별들을
퍼 담아 먹물 같은 하늘에 골고루
박아 넣어 창연(蒼然)하게 비추련다.

수선화

어디서 온 것일까
몇 백 년 전부터 기다렸을
인연 보따리에 묻어온 걸까
별들도 화들짝 놀라
눈 부릅뜨고 지켜보는 밤
고인 사랑의 꽃망울을 틔워
다시금 다가온 그대에게
북풍한설 속에 묻어 둔
뜨거운 그리움 한 알 꺼내어
슬그머니 손을 내민다.

작품 해설

가슴을 저미게 하는 눈물의 시

▌오봉옥
(시인, 서울디지털대학교 교수)

　김영혜는 눈물이 많은 사람이다. 좋아서도 울고, 슬퍼서도 운다. 전화하다가도 울고, 시를 쓰다가도 운다. 김영혜의 첫 시집 『꽃바람 부는 산』은 눈물의 시집이라고 할 수 있다. 많은 시편이 '눈물'의 승화로 이루어져 있어 가슴을 저미게 한다.

　그에게서 살아온 내력을 들었다. 그는 1971년 경남 김해 진영, 훈훈한 농가에서 태어났다. 부모님은 이십 마지기가 넘는 논농사를 지으며 평생 일 바지만 입고 살았다. 그런 부모님을 보고 자란 그는 집이 무척이나 가난한 줄로만 여겼다. 하지만 동네 사람들은 '알부자'라고 부르곤 했다. 그래서 어린 시절 자신은 집에 있는 닭 세 마리가 매일 알을 낳다 보니 그런 모양이라고 생각했는데, 그러고 보니 가난한 집안이 아니었던 모양이다.

　부모님은 아들 셋을 대학공부 시키기에 급급해 그의 속마음을 헤아리지 못했다. 그는 인문계 고등학교를 거쳐 대학을 진학하고 싶었으나 상고에 들어갈 수밖에 없었다.

상고에 들어온 아이들은 모두 취업전선에 뛰어들기 위해 실용적인 공부를 하였으나 자신은 문학이 좋아 3년 내내 '문예부장'을 도맡아 했고, 이런저런 백일장에서 많은 상을 받곤 했다.

고등학교를 졸업한 후엔 미술학원이나 피아노학원 또는 어린이집에서 아이들을 가르쳤다. 스물일곱 살 때 결혼을 하였으나 여덟 번의 자연유산으로 뼈를 깎는 아픔을 겪었다. 8년 만에 연년생 아이 둘을 낳아 회사원 남편과 평범하게 살고 있다. 대학은 지천명을 넘어서야 진학했다. 마찬가지로 시 역시 지천명을 넘어 아버지를 저 세상으로 떠나보낸 후 본격적으로 쓰기 시작했다. 아버지에 향한 그리움이 그를 다시 문학의 길로 이끈 것이다.

그래서일까. 이 시집엔 유독 아버지에 대한 시편들이 많다. 가부장제에서 살아온 아버지들은 엄한 경우가 많다. 하지만 그의 아버지는 살갑고 희생적이어서 자신보다도 가족들을 위해 살아온 분이었다. 봄이면 '보랏빛 포도송이 같은 등꽃 향기 살랑거리는 텅 빈 학교운동장'에서 자전거 타는 법을 알려주시는가 하면, 여름에 중참을 들고 가면 '몽글몽글 핀 수국 한 송이 꺾어주며 욕봤다'고 말씀하셨고, 가을이면 '윤기나는 알밤'을 작은 손에 꼭 쥐어주기도 하였으며, 겨울엔 '군고구마를 구워 호호 불어주시던' 분이었다(「사계」 중에서). 그런 아버지였기에 그는 '아버지 없이 살아가는 삶은 통째 싱거워 길 잃은 아이처럼 우두커니 서 있곤 한다.'고 절절이 토로한다.(「자작나무의 사랑」 중에서)

가자, 집에 가자 병원비 많이 나온다.

몇 번이나 내 손을 끌어당기던 아버지는
한 모금의 물도 삼키지 못한 채
하얀 입술을 태우다가 저세상으로 가셨다.

굳어버린 혀엔
뱉어내지 못한 말들이 고였다.

세상에 병원비가 무서워
이 땅을 서둘러 떠나시다니
아버지 따라가지 못한 자식들
붉은 꽃바람이 온 산을 덮는다.
                    – 「꽃바람 부는 산」 전문

이 시는 눈물로 쓴 통곡의 사부곡이라 할 수 있다. 아
버지는 '병원비가 많이 나온다.'며 몇 번이나 '손을'을 끌어
당겨 '집으로 가자.'고 말씀하시다가 끝내 '한 모금의 물도
삼키지 못한 채 하얀 입술을 태우다가 저 세상'으로 건너
간다. 시적 화자는 그런 아버지를 보며 할 말을 잃는다.
'굳어버린 혀엔 뱉어내지 못한 말들이 고였다'는 표현 속
에 갈가리 찢긴 자식으로서의 마음이 깃들어 있다. 부모가
그런 것인가. 아니 어떤 부모가 '병원비가 무서워 이 땅을
서둘러 떠날 수 있단 말인가. 죄스런 자식들은 '아버지 따
라가지 못하고' 먼 산에 핀 붉은 꽃들을 바라본다. 마치
자신들의 '붉은 서러움'이 깃들어 피어있는 듯한 붉은 꽃
들을. 이 시는 화자의 직접적인 정서의 진술이 주도적인

역할을 하고 있다. 하지만 다음 시들인 「저녁 준비」와 「어머니」는 묘사로써 화자의 정서를 간접적으로 보여준다.

마른 장작의 절반은
잉걸불이 되어
아궁이에 검정수염을 그리고

키 작은 담벼락에 걸친
야윈 시래기 줄기 같은
어머니의 굴뚝 연기는
호박돌을 밟고 올라서더니
한참 동안 장독대를 어루만진다.

대나무 뿌리를 닮아 서러운
어머니의 굴뚝 연기는
저녁노을이 머물다간
감나무 가지를 쓰다듬다가
슬그머니 자취를 감춘다.

그때면 어머니는
소매를 걷어붙여
숨비소리 달그락거리고
가을을 잘라 세운
들깻대 향을 긁어모아
알근달근한 저녁 밥상을 차린다.

– 「저녁 준비」 전문

향토정서와 모성애를 표현한 이 시는 어머니에 대한 그리움을 뛰어난 묘사의 솜씨로 보여주고 있다. 어머니는 저녁을 짓기 위해 아궁이에 불을 지핀다. 그러면 '야윈 시래기 줄기 같은 어머니의 굴뚝 연기는 호박돌을 밟고 올라서더니 한참 동안 장독대를 어루만지다가' 사라져간다. 어머니의 이미지와 굴뚝 연기의 형상이 겹쳐있다. '야윈 시래기 줄기'는 어머니의 이미지이기도 하면서 굴뚝 연기의 형상이기도 하다. 어머니는 평생을 '장독대를 어루만지며' 살아온 사람이다. 그런데 그런 어머니처럼 굴뚝 연기가 '한참동안 장독대를 어루만진다.'고 하니 절묘한 느낌을 안겨준다. 어머니의 이미지와 굴뚝 연기의 형상은 '대나무 뿌리를 닮아 서러운 어머니의 굴뚝 연기'라는 표현으로도 드러난다. '굴뚝 연기'가 '감나무 가지를 쓰다듬다가 슬그머니 자취'를 감추면 '어머니는 소매'를 걷어붙여 '알글달근한 저녁 밥상'을 차리기 시작한다. 이 시에서의 어머니에 대한 그리움은 직접적으로 드러나지 않고 암시적으로 드러날 뿐이다. 「저녁 준비」와 함께 뛰어난 묘사 솜씨를 보여주고 있는 시는 「어미」이다.

호박 넝쿨이
헝클어진 머리채를 풀고
바닥에 딱 붙어 연신 젖을 물리고 있다.

어린 것들은
어미 잃을 고아가 될 줄도 모르고
가느다란 줄기를 연신 빨아댄다.

호박 넝쿨은

조롱조롱 키운 자식들
끄나풀을 엮어 다 보내고야
삭정이가 된 채 굳어져 간다.

– 「어미」 전문

  이 시는 '어미'라는 존재적 특성을 형상적으로 잘 보여
주고 있다. '어미'는 '헝클어진 머리채를 풀고 바닥에 딱
붙어 연신 젖을 물리고 있는' 호박 넝쿨 같은 존재이다.
'호박'은 자라면 인간의 품으로 들어간다. 하지만 어린 호
박들은 '곧 어미 잃을 고아가 될 줄도 모르고 가느다란
줄기' 즉 어미의 젖을 연신 빨아댄다. '호박 넝쿨은 조롱
조롱 키운 자식들 끄나풀을 엮어 다 보내고야 삭정이'가
된 채 굳어가기 시작한다. 여느 부모와 다를 바 없는 형
상이다. 자식들이 성장하여 도시로 떠나가면 부모는 홀로
남아 '삭정이'처럼 늙어간다. '삭정이'처럼 늙어 자식새끼
들 소식 오기만을 애타게 기다린다. 이 시는 절창이다.
뛰어난 묘사력을 보여주고 있고, 그 묘사로 우리들의 가
슴을 젖어 들게 한다. 이 시는 묘사 중심의 시가 갖는 시
적 울림과 함께 깊이를 확보하고 있다. 어머니의 존재적
특성을 이렇게 간명한 묘사로써 실감 나게 보여주기는 쉽
지 않다. 「어미」의 존재적 특성을 보여주는 시는 또 있다.

전쟁이 났다.
눈을 감은 채 암흑 속에서 걸걸거리며
오로지 후각으로 포복하며 돌진한다.
서로의 몸통을 사정없이 밟아 뭉개며
머리통을 타고 오르기도 하고

다시 끄집어내려 앞서기도 하며
마구마구 기어오른다.
총 없는 치열한 전쟁이다
온종일 물어뜯긴 어미의 젖통이 벌겋다.
전쟁을 끝낸 전사들 승리의 트림을 한다.
                              - 「생의 첫 전쟁」 전문

　「어미」가 어머니의 관점에서 노래한 시라면 「생의 첫 전쟁」은 자식들의 관점에서 모자간의 관계를 노래하고 있다. 강아지들은 태어나 살기 위해 전쟁을 벌인다. 눈도 뜨지 못한 상태에서 '오로지 후각'만을 이용해 어미젖을 찾는다. 어미의 젖을 찾기 위해서라면 '서로의 몸통을 사정없이 밟아 뭉개기도' 하고 상대의 '머리통'을 타고 오르거나 자신의 '앞을 가로막는 존재들을 끄집어내리며 어미젖을 향해 '마구마구 기어오르기도'한다. 시적 화자는 그런 모습을 '총 없는 치열한 전쟁'으로 표현한다. 우리가 사는 세상이 '총 없는 치열한 전쟁터'라는 점에서 이 시의 형상은 인간 세상을 환기한다. '온종일 물어 뜯겨' 벌겋게 된 어미 개의 젖통은 어머니라는 존재를 환기하고, '전쟁을 끝낸 전사들 승리의 트림'을 한다는 표현은 철없는 자식들을 환기하면서 각박하고 메마른 세상사를 확장해서 환기한다. 묘사 중심의 시는 진술이 뒷받침될 때 깊이를 획득하곤 한다. 이 시에서는 '총 없는 치열한 전쟁이다'라는 시적 진술이 그것을 대변한다. '어미'의 존재는 「고목의 기도」에서도 실감나게 드러난다.

한 생을 호밋자루 들고
흙 속에서 자식들 영글어가는 재미에 살았습니더

청춘이 닳아
헝겊 조각이 되어도
구멍 난 자식들 메워 줄 곳 살피며 살았습니더

알토란같은 자식들한테
무지렁이 같은 어미 모습
부끄럽게 들킬까 봐
산송장같이 살았습니더

안 죽는다는 말 빈말이고
늙어빠진 질긴 목숨 어찌할 재간이 없으니
어쩌던지 염치없이 요양병원에 누워있지 말고
자식들 애태우지 말고

사는 날까지 몸성히 살다가
미련 없이 곱게 따라나설 테니깐
자는 잠결에 영감 곁에 가게 해주이소
부디 자는 잠결에 가게 해주이소.

　　　　　　　　　　　－「고목의 기도」 전문

　이 시에서는 '어미'가 '고목'의 비유로 드러난다. '고목'처
럼 늙은 '어미'는 자신의 생을 돌아보며 마지막 남은 바람
을 혼잣말로 내뱉는다. 살아온 삶이 처절하고 아름답다.
'한 생을 호밋자루 들고 흙 속에서 자식들 영글어가는 재
미에 살았다'는 어머니, '청춘이 닳아 헝겊 조각'이 되어서
도 '구멍 난 자식들 메워 줄 곳 살피며 살았다'는 어머니,

'알토란같은 자식들'이 '무지렁이 같은 어미'를 부끄럽게 생각할까 봐 '산송장' 같이 살았다는 어머니의 목소리가 처절하면서도 아름다운 것이다. 어머니의 마지막 바람은 읽는 이를 숙연하게 만든다. 죽는 날까지 자식들에게 폐를 끼치고 싶지 않다는 어머니의 목소리는 우리들의 가슴을 파고든다. '염치없이 요양병원'에 누워있어 '자식들'을 애태우게 하지 말고 '자는 잠결에 영감 곁'에 가게 해달라는 호소는 우리들의 가슴을 칼금 긋듯 아리게 한다. 이 시의 시적 실감은 어머니의 진솔한 감정을 구어로 드러내는 데에서 나온다. 구어 사용은 시적 실감을 배가하는 것으로 작용한다. 그런데 흥미로운 점은 이 '구어'가 체언이 아니라 용언으로만 드러나고 있다는 사실이다. '~했습니더'와 '~하이소'등의 용언으로 드러날 뿐 체언으로는 드러나지 않는다. 이것은 시적 실감을 배가시키면서도 가독성을 높이기 위한 치밀한 계산에서 나온 것이다. 왜냐하면 김영혜는 지역어를 사용하면서 나에게 곧잘 묻곤 했는데 그것은 다름 아닌 명사형 체언이 방언일 경우 소통이 안 될지도 모른다는 우려를 표명하곤 했기 때문이다.

그는 비유의 솜씨를 보여주는 데 익숙하다. 그것은 자신을 드러낼 때에도 사용된다.

낯선 녀석 하나가
소나무를 기어오르다가
툭 떨어지더니
누런 똥을 찔끔거리며
비틀비틀 다시 기어오른다.

날을 세운 뾰족한
가시털 빼곡히 달고
꺼억꺼억 울음을 토해내는 것이
꽁꽁 쟁여 놓은
숱한 풍상의 시간들을 견디며
기를 쓰고 오르는 것이
나를 닮아 섧다.

　　　　　　　　　－「송충이」 전문

　이 시에서는 시적 자아를 드러내기 위한 장치로 '송충이'
를 동원한다. '송충이'의 삶은 '소나무'를 기어오르는 행위
로 드러난다. 우리가 살다가 지쳐서 나자빠지기도 하듯이
송충이 역시 '소나무를 기어오르다가 툭 떨어지기도' 한다.
우리가 좌절하고 실의에 빠져있다가도 다시금 주먹을 쥐
고 하루하루를 살아가듯이 바닥으로 떨어진 송충이는 '누
런 똥을 찔끔거리며 비틀비틀 다시' 소나무를 기어오른다.
그것도 유유자적 걷는 것이 아니라 '기를 쓰고' 기어오른
다. '꺼억꺼억 울음'을 토해내며, '숱한 풍상의 시간을 견
디며 기를 쓰고 오르는 것'이다. 시적 화자는 그 안간힘에
서 연민을 느끼고 동질감을 느낀다. 「송충이」는 시 전체가
하나의 은유로 이루어져 있다. 송충이의 행위에서 우리는
시적 화자의 삶을 읽는다. 시적 화자가 어떻게 살아왔는지
구구절절 설명해 주지 않아도 우리는 이 시를 통해 그 삶
을 유추할 수 있다. 비유는 시적 실감을 높여준다. 또 자
기만의 개성적 공간을 창출한다. 그런 점에서 이 시는 자
화상으로 읽어도 될 만한 개성적인 시라고 할 수 있다.

김영혜의 시세계를 간략하게나마 살펴보았다. 난 그의 시집 원고를 눈물의 밥상을 받아든 느낌으로 읽고 또 읽었다. 그의 시들은 그가 살아온 삶만큼이나 절절했다. 나는 이 가슴을 저미게 하는 눈물의 시가 독자들에게도 잘 전달되기를 바란다. 첫 시집 출간을 축하드리고, 정진 또 정진하여 좋은 시인으로 거듭나기를 기원한다.

▌저자 약력

김영혜 시인은 1971년 경남 진영에서 태어났다. 어릴 때부터 문학에 관심이 많아서 백일장에 나가 상을 받곤 했다.

시는 지천명을 넘어 아버지를 저 세상으로 떠나보낸 후 본격적으로 쓰기 시작했다.

2022년 계간『문학사계』에서 신인상을 받고 문단 활동을 시작했다.

현재 서울디지털대학교 문예창작학과에 재학 중이고 경남 진주에서 텃밭을 일구며 흙내음 물씬 풍기는 자연과 더불어 살고 있다.

김영혜 시집

꽃바람 부는 산

초판 1쇄 인쇄일 ▌ 단기 4355년(서기 2022년) 3월 12일
초판 1쇄 발행일 ▌ 단기 4355년(서기 2022년) 3월 21일

지은이 ▌ 김영혜
펴낸이 ▌ 황혜정
인쇄처 ▌ 삼광인쇄
펴낸곳 ▌ 문학사계
　　　　등록일 2005년 9월 20일
　　　　제318-2007-000001호
　　　　서울시 종로구 종로66길 20 계명빌딩
　　　　502호
　　　　Tel 010-2561-5773

배포처 ▌ 북센(031-955-6706)
ISBN 　▌ 978-89-93768-66-4 (03810)